AF356750

CATALOGUE

DE

TABLEAUX

ET

CURIOSITÉS

formant la

COLLECTION DE FEU M. A. MARMIER

PRÉSIDENT DE L'ORDRE DES AVOCATS AU CONSEIL D'ÉTAT
ET A LA COUR DE CASSATION

Dont la Vente aux Enchères Publiques aura lieu

HOTEL DROUOT

SALLE N° 4

Le Lundi 19 Mars 1866

A DEUX HEURES

Par le ministère de M° **ESCRIBE**, Commissaire-Priseur,
rue Saint-Honoré, 217,
Assisté de **M. HORSIN DÉON**, Peintre, rue Chabanais, 1,
Et de **M. ARONDEL**, Expert, rue de Choiseul, 16, pour les Curiosités,
Chez lesquels se distribue le présent Catalogue.

EXPOSITION PUBLIQUE

Le DIMANCHE 18 Mars 1866, de une heure à cinq heures.

PARIS

RENOU & MAULDE

IMPRIMEURS DE LA COMPAGNIE DES COMMISSAIRES-PRISEURS
Rue de Rivoli, 144.

—

1866

CATALOGUE

DE

TABLEAUX

ET

CURIOSITÉS

formant la

COLLECTION DE FEU M. A. MARMIER

PRÉSIDENT DE L'ORDRE DES AVOCATS AU CONSEIL D'ÉTAT
ET A LA COUR DE CASSATION

Dont 'a Vente aux Enchères Publiques aura lieu

HOTEL DROUOT

SALLE N° 4

Le Lundi 19 Mars 1866

A DEUX HEURES

Par le ministère de Mᵉ **ESCRIBE**, Commissaire-Priseur,
rue Saint-Honoré, 217,

Assisté de **M. HORSIN DÉON**, Peintre, rue Chabanais, 1,

Et de **M. ARONDEL**, Expert, rue de Choiseul, 16, pour les Curiosités,

Chez lesquels se distribue le présent Catalogue.

EXPOSITION PUBLIQUE

Le Dimanche 18 Mars 1866, de une heure à cinq heures.

—♦—

PARIS — 1866

CONDITIONS DE LA VENTE

———

Elle sera faite au comptant.

Les Acquéreurs paieront en sus de leur prix d'adjudication, CINQ CENTIMES par franc, applicables aux frais de la Vente.

La Collection dont nous donnons le Catalogue
se compose des Tableaux et Objets d'art qui gar-
nissaient l'appartement et le cabinet de M. MAR-
MIER. Nous y avons adjoint, afin de compléter
notre vacation, quelques bons Tableaux qui, nous
l'espérons, ajouteront à l'intérêt de notre Vente, en
y introduisant une plus grande variété dans les
Écoles.

DÉSIGNATION

DES

TABLEAUX

ÉCOLE FRANÇAISE

BELLANGÉ (HIPPOLYTE) Signé

1 — L'Assaut.

Tableau important du maître.

BERTAUX (MICHEL)

2 — Marche militaire. Effet d'hiver.

BERTIN (JEAN-VICTOR)

3 — Vue prise aux environs de Naples. (Fixé.)

BONINGTON

4 — Une Plage.

Dans le fond, des dunes, la mer; sur le premier plan, une voiture attelée de deux chevaux et un groupe de pêcheurs; au second plan, sur le sable, une autre voiture.

BRUYÈRE (Mme)

5 — Bouquet de fleurs.

Il se compose de roses, de tubéreuses, de muguet, de jacinthes, roses trémières, iris, bluets, œillets d'Inde, bruyères, anémones, réunies dans un panier.

Ce panier est déposé sur une table couverte d'un tapis vert, où se trouvent encore un bol de verre, des coquilles et quelques fleurs.

(Collection de Mastrella.)

CLAUDE GELÉE, dit LE LORRAIN

6 — Paysage, site d'Italie.

Au fond, des montagnes sur le penchant desquelles on voit les tours crénelées d'un vieux château, et, près de celui-ci, un ancien temple. droite, de belles masses d'arbres bordant un torrent qui tombe en double cascades. A gauche, des pasteurs qui gardent des chèvres, tandis qu'un des leurs, en compagnie de deux jeunes femmes, fait de la musique à l'ombre d'un vieux chêne.

Ce tableau remarquable, qui mérite, à tous les titres, une attention particulière des amateurs, provient de la collection de Mastrella, où il ne fut jamais l'objet d'une discussion. Il est gravé au n° 25 dans l'œuvre de Vérité.

CLAUDE (D'après)

7 — Port de mer. Soleil levant.

CHARPENTIER

8 — Le Benedicite.

Cet intéressant tableau nous introduit dans l'intérieur de la pauvre demeure d'un vieux commissionnaire, où la gaîté règne cependant, car au centre de la table servie figure une fameuse tête de mouton bouillie, flanquée d'une succulente tranche de lard,

Le père de famille radieux, entouré de ses quatre enfants, dont la mère tient le petit dernier sur les genoux, prélude, par la prière, au festin auquel il les convie.

CHARPENTIER

9 — Le Maître d'école.

Deux petits garçons attentifs à leur leçon qu'ils vont réciter, sont debout devant la table du maître. Ce pédadogue, armé d'une verge, est en ce moment rempli de courroux contre deux de ses élèves qui se disputent une toupie.

Plusieurs de ses écoliers sont occupés à écrire à une table, tandis que les autres sont rangés sur des bancs autour de la classe. Sur le premier plan est un rapporteur qui désigne le délinquant à la haute justice du maître dont un pauvre diable, la culotte basse et caché derrière un rideau vert, vient d'en subir les effets.

DEMACHY

10 — Ruines d'un Temple romain.

DEMARNE

11 — Paysage et Animaux.

C'est une riante campagne de la Bourgogne, arrosée par une rivière qui la parcourt en serpentant. Sur le bord de cette rivière, au premier plan, une jeune femme occupée à filer cause avec un homme qui est appuyé familièrement sur son genou. Près d'eux, un petit garçon monté sur le dos d'un camarade, joue au cheval. Des chèvres, des moutons, deux vaches, l'une debout l'autre couchée, les entourent.

Au second plan sont de jeunes arbres sous lesquels paissent d'autres vaches gardées par un garçon qui aide galamment une paysanne à traverser une passerelle jetée sur la rivière.

Ce petit tableau est incontestablement du meilleur temps du maître.

DONVÉ

12 — La belle Blanchisseuse.

DREUX DORCI (Signé)

13 — Portrait de jeune fille.

DROUAIS LE FILS

14 — La petite Fille à la poupée.

C'est une gracieuse enfant couchée sur son lit en désordre, une de ses jambes est chaussée, l'autre nue. La petite chemise, garnie de dentelles et relevée, la laisse en partie découverte sur sa couche entourée de soie verte. Elle tient dans son bras droit sa poupée, et dans sa main gauche des cartes qu'elle chiffonne. Autour d'elle sont d'autres cartes, une rose et son second soulier.

C'est incontestablement un séduisant tableau, dont la couleur fraîche et brillante séduit tout d'abord.

DUPLESSIS (MICHEL)

15 — Halte militaire.

Arrêtés près d'une ruine qui abrite leurs tentes, cavaliers, piétons, se mettent en route. Sur le premier plan est une pièce d'artillerie et un cheval blanc gardé par un cavalier.

16 — Le Départ.

On remarque, dans ce tableau, une jeune femme qui monte dans une chaise portée par deux mulets, un cavalier descendu de cheval qui se fait servir des rafraîchissements par une cantinière. Le reste de la composition est analogue au précédent.

(Collection de Mastrella.)

GARNERAY (L.)

17 — Marine. Entrée d'un port.

GRAILLY

18 — Paysage. Les Moulins à vent.

LENAIN

19 — La Partie de cartes.

LYON

20 — Le Départ pour le marché.

OUDRY

21 — Tableau de salle à manger.

Sur une table en partie couverte d'une nappe sur laquelle sont une bourriche, des harengs, du pain, du fromage et autres objets de table, un chat cherche à s'emparer d'une des huîtres servies sur un plat d'argent.

PETIT (P.—J.)

22 — Paysage avec ruines.

23 — Paysage avec un ancien temple.

RESTOUT (Ecole de)

24 — La Présentation au Temple.

SAINT

25 — Portrait d'homme.   (Miniature.)

SCHOTH (C.—A.)

26 — Vue prise dans les Apennins. Effet de lune.

VALLIN

27 — Une Bacchante.

VERNET (CARLE)

28 — Le Départ pour la chasse.

C'est un chasseur monté sur un joli cheval lancé au galop. Il est suivi d'un valet et de son chien, et se détache sur un fond de paysage.

VERNET (Genre de JOSEPH)

29 — Paysage montagneux avec cascade.

VOUET (SIMON)

30 — Plafond.

Adonis rendu par Proserpine à Vénus, est sur un nuage transporté par les amours et les zéphirs.

ÉCOLE ITALIENNE

ANDREA COMMODI

31 — La Vierge, l'Enfant Jésus et un Saint.

CRUZ (JEAN PONTAJA DE LA)

32 — Religieux tenant un crucifix à la main.

Petit tableau d'une excellente exécution.

DOLCI (Attribué à AGNÈS)

33 — Mater Dolorosa.

CARLE MARATTE

34 — La Vierge, l'Enfant et saint François.

L'enfant Dieu, à demi couché, est soutenu par la Vierge à laquelle il fait respirer le parfum d'une branche de lys. Près d'eux, saint François d'Assise, les mains croisées sur la poitrine, est plongé dans une profonde et douce contemplation.

NAVARRA

35 — Tableau de salle à manger.

Un melon, des coings, des pommes, des poires, du raisin à terre.

PANINI (JEAN-PAUL), signé du monogramme.

36 — Colonnade en ruines.

Sur les débris d'un temple, dont trois des colonnes d'ordre ionique sont debout et supportent des fragments de corniches, un vieillard prêche des femmes, un paysan et un homme appuyés contre un piédestal supportant un lion. L'un d'eux est armé d'une pique, l'autre a la tête couverte d'un casque. Toutes ces ruines, bas-reliefs, chapiteaux, bases de colonnes et autres, baignent dans l'eau et se détachent sur un ciel clair et nuageux.

Ce tableau, d'une couleur blonde et des meilleurs du maître, provient de la collection de Mastrella, et est cité dans l'histoire des peintres de Ch. Blanc.

ROSALBA

37 — Jeune Femme tenant une colombe dans les bras.

Gracieux pastel.

SALVATOR ROSA

38 — Saint Jérôme.
39 — Saint Antoine.

(Collection Mastrella.)

VÉRONÈSE (ALEXANDRE)

40 — Mort de Lucrèce.

Blessée au cœur, la chaste Lucrèce est tombée évanouie dans les bras de ses femmes.

Demi-figure grande comme nature, d'une exécution remarquable et digne du cabinet le mieux choisi.

(Collection Mastrella.)

ÉCOLES ALLEMANDE, FLAMANDE, & HOLLANDAISE

ABTSHOVEN

41 — Des Paysans.

BAASH

42 — Chien gardant un cerf déposé au pied d'un arbre.

43 — Chien gardant un sanglier.

BECK (de Erfurth)

44 — Nature morte.

Deux perdrix, un chou coupé sur un plat d'argent, un couteau, des prunes déposés sur une table de pierre.

45 — Nature morte.

Un coq, des fruits et quelques oiseaux déposés de même sur une table.

BEERSTRATEN (Signé, daté)

46 — Vue prise dans Amsterdam.

Au centre le grand canal et ses quais auxquels sont amarrés un grand nombre de bâtiments côtiers. A droite, la douane, à gauche la ville, sur le devant une place où l'on voit un marchand d'orviétan, un cheval blanc attelé à un traîneau et autres figures spirituellement touchées.

Ce tableau capital, d'une couleur claire et agréable, mérite une attention particulière de MM. les amateurs.

BÉGYN

47 — Le Passage du gué.

A travers des ruines, un âne chargé, des moutons, des vaches, sur l'une desquelles une femme est montée, sont conduits par un paysan à pied qui leur fait passer un gué.

BOL (FERDINAND)

48 — Portrait d'homme.

BOL (Genre de FERDINAND)

49 — Portrait d'homme.

BOUDEWYNS (NICOLAS)

50 — Le Boute-selle.

Dans un paysage avec ruines un trompette sonne le départ.

51 — Paysage.

On y remarque une fontaine monumentale dans laquelle des paysans font abreuver leurs chevaux et bestiaux.

(Collection de Mastrella.)

BRECHELER

52 — Femme sur un divan.   (Miniature.)

BREUGHEL

53 — Paysage et figures.

A droite la vue s'étend au loin, à gauche est un village et des arbres; sur le premier plan est une route coupée par les eaux d'une rivière ou d'un grand étang qu'une charrette et des voyageurs traversent à gué.

54 — Paysage.

Une petite ville occupe le centre d'une plaine qui se perd à l'horizon. Sur le premier plan à droite est une clairière et une route sur laquelle cheminent des voitures et des voyageurs.

(Collection de Mastrella.)

BREUGHEL (PIERRE)

55 — Paysage.

BRIL (PAUL)

56 — Paysage avec figures.

A droite est un paysage lointain qui s'étend jusqu'à des montagnes azurées; à gauche sont des blocs de rochers entourés d'une puissante végétation. De belles masses d'arbres garnissent le centre du tableau ainsi que sa gauche et ombragent une petite rivière dans laquelle se baignent des nymphes surprises par des satyres indiscrets cachés dans des massifs de verdure.

Collection de Mastrella.

CARRÉ (MICHEL)

57 — Le Chariot.

Paysage avec figures et animaux.

CRAESBEKE (JOSEPH VAN)

58 — Paysan portant une cruche.

CRAYER (GASPARD DE)

59 — Portrait d'homme.

Un manteau est jeté sur son épaule gauche; il est vu en buste portant moustache et barbiche ainsi que ses cheveux longs qui tombent sur son col blanc.
Collection de Mastrella.

DICK (ANTOINE VAN)

60 — Portrait des Enfants de Charles Ier, roi d'Angleterre.

Au centre est le prince de Galles qui régna sous le nom de Charles II. Il est debout et vu de face. Il a la main gauche posée sur la tête d'un chien; le jeune prince peut avoir environ dix ans. Il est vêtu d'un justaucorps de satin rose avec manchettes et col rabattu. La princesse Marie est à sa droite vêtue toute de satin blanc ; sa jolie chevelure tombe en mèches frisées sur son cou orné d'un collier de perles. A sa droite est Jacques, duc d'York, qui a régné sous le nom de Jacques II. Ce jeune prince peut avoir deux ans; il est assis et presque nu dans un fauteuil; la princesse Henriette veille sur lui. La troisième sœur se voit à côté de Marie.

. Ce tableau remarquable provient du comte de Laujac Lespinas qui assurait l'avoir toujours connu dans sa famille.

DIÉTRICH

61 — Femmes au bain.

Elles sont troublées dans le lieu solitaire et rocheux qu'elles se sont choisi par la présence d'un paysan conduisant un taureau et des moutons.

DOW (D'après GÉRARD)

62 — Jeune Femme arrosant des fleurs.

Le vase dont elle prend soin est déposé sur une fenêtre aux parois de laquelle sont accrochées des balances et une cage.

Ancienne copie.

DUCK (JEAN LE)

63 — Portrait de femme.

EVERDINGEN

64 — Paysage.

Le pays est montagneux et boisé. A gauche est une rivière, à droite de belles masses d'arbres et sur le premier plan sont des terrains sablonneux où se reposent des biches et un cerf qui animent de leur seule présence ce bon paysage calme et solitaire.

Collection Mastrella.

FALENS (Genre de VAN)

65 — Le Chasseur blessé.

Au centre d'un paysage accidenté, une jeune femme à cheval fait remarquer à un chasseur sans doute renversé d'un cheval blanc désharnaché près de lui, que le cerf gagne la montagne, tandis qu'il se fait panser la jambe par un valet.

FRAUTMANN

66 — Christ en croix, la Vierge, saint Jean et la Madeleine.

GOEUBAUW

67 — Paysage et figures.

Non loin d'une ville italienne, des paysans dont l'un, monté sur un âne, se repose près d'une fontaine monumentale.

GRIFFIER et VAN TOL

€8 — Un Ermite.

Dans un paysage désert et montagneux, non loin d'un monument ruiné, le pieux anachorète est assis sur des nattes, les yeux levés ver le ciel et tenant sur ses genoux un livre ouvert. Un arbre mort et une cruche sur un tertre complètent l'ensemble de ce curieux petit tableau signé Griffier.

GRIFFIER (JEAN)

69 — Paysage montagneux et boisé avec figures.

70 — Même sujet.

HEES (G.)

71 — Paysage avec ruines.

Collection Mastrella.

HELMONT (VAN)

72 — Le Mangeur de moules.

HERP (VAN)

73 — La Partie de cartes.

Au centre d'un riche appartement et autour d'une table, des seigneurs et des dames jouent aux cartes, mais la partie est interrompue par l'arrivée de visiteurs auxquels la dame de la maison offre de prendre part à leur divertissement.

JOSAN (M.)

74 — Vert-Vert.

KESSEL (VAN)

75 — Des Fruits, un Perroquet et un Écureuil sur une table de pierre.

LEANDER

76 — Champ de bataille.

Les généraux rappellent les troupes en leurs rangs, les trompettes sonnent; on relève les morts.

MABUSE (JEAN DE)

77 — La Vierge et l'Enfant.

Marie soutient sur ses genoux l'Enfant Jésus qui tient une pomme dans la main.

Ce tableau, d'un fini précieux, est surtout remarquable par son harmonie et son gracieux arrangement.

MAZZONI

78 — Vue d'Orient avec figures.

79 — Même sujet, son pendant.

MEGERING (ALBERT)

80 — Paysage accidenté.

MOLENAER

81 — Canal glacé.

Il est bordé par les maisons d'un village flamand. Une foule de patineurs et quelques personnages en traîneau se livrent à ces plaisirs de l'hiver.

POELEMBOURG (CORNEILLE)

82 — La Toilette de Vénus.

Dans un paysage où la vue s'étend jusqu'à un horizon lointain, Vénus, sur le premier plan, est entourée de nymphes qui président à sa toilette; l'une lui attache ses cothurnes, l'autre lie ses cheveux, une troisième prépare ses bijoux et l'Amour devant elle supporte un miroir. Au second plan on aperçoit le Jugement de Pâris.

Collection de Mastrella.

Cité dans l'histoire des peintres de M. Charles Blanc.

QUAAST (PETER)

83 — Les Pleureurs.

ROTTENHAMER

84 — Baptême de Jésus-Christ.

RUBENS (Ecole de)

85 — Nymphe surprise par un Satyre.

SCHALKEN (GODEFROY)

86 — Paul et Syblas en prison.

SNAYERS (PIERRE)

87 — Choc de cavalerie.

SOOLEMAKER

88 — Paysage avec animaux.

Petite esquisse terminée.

SWAGERS (le père)

89 — Paysage marine.

Sur le bord d'un large fleuve où naviguent des barques et des bâtiments marchands, se voit un village avec moulin à vent ainsi que sur une languette de terre des bestiaux. Au premier plan est une route bordée d'arbres et quelques voyageurs.

Tableau important et des meilleurs du maître.

Collection de Mastrella.

TÉNIERS (DAVID)

90 — Le Chirurgien de campagne.

Sur une chaise de paille fortifiée par des planches est assis un villageois qui présente son pied au chirurgien agenouillé devant lui et tenant en main un stylet dont il s'apprête à se servir pour sonder une plaie. Avant d'enfoncer l'instrument, il paraît adresser des paroles d'encouragement à son patient dont la tête entourée d'un mouchoir atteste d'autres blessures.

Derrière lui, à gauche, le garçon apothicaire ou aide apprête et chauffe un onguent.

Debout est la femme du patient, qui regarde avec douleur son mari et redoute pour lui la souffrance qu'il doit bientôt endurer et qu'il semble pressentir, à voir la façon dont il tient sa jambe malade sur un escabeau, et qu'il entoure de ses mains croisées en dessous pour maîtriser la douleur.

Au fond, à droite, un autre villageois offre sa bouche à l'exploration d'un dentiste; la douleur arrache des cris aigus au malheureux.

Des pots en grès, des bouteilles, des flacons en verre, un réchaud sur lequel est adapté un alambic et divers autres accessoires attestent la profession des habitants du logis, dont l'un remplit la fonction de pédicure, l'autre d'arracheur de dents.

Une petite fenêtre à vitraux, ouverte à droite, laisse voir le ciel, puis une partie du paysage. — L'aide prépare des médicaments au-dessus d'un petit fourneau reposant sur une table couverte d'une draperie verte.

Du cabinet de feu M. E. A. S. Van den Meersche, seigneur de Berlaëre, de Gand, 1791, et de celui de feu Mme la comtesse Vilain XIIII, château de Wetteren, 1827.

(Extrait du catalogue Vilain XIIII, Paris, 1857, où a été acheté le tableau.)

TÉNIERS (Attribué à)

91 — Paysage avec figures, dit Déjeuner du maître.

VAL (ROBERT DU)

92 — Saint Jean et l'Enfant Jésus.

Agenouillé devant l'Enfant Jésus que la Vierge tient sur ses genoux, saint Jean offre la croix à l'enfant Dieu, qui semble l'accepter comme une révélation de sa mission sur la terre. Sainte Élisabeth, Zacharie et saint Joseph suivent avec intérêt cette entrevue des deux cousins que Dieu bénit du haut des cieux.

VERBRUGGEN (PIERRE)

93 — Une Basse-cour

VITRINGA

94 — Mer houleuse.

Sur le premier plan, un yacht; un peu plus loin un trois mâts, puis un bateau pêcheur cherche à gagner le port, car la tempête menace.

VOS (SIMON DE)

95 — Nature morte.

Un lièvre, un canard et divers oiseaux déposés sur une table de pierre.

WITH (DE)

96 — Résurrection de Lazare.

La scène se passe dans une spacieuse grotte meublée de tombeaux. Jésus est debout sur l'un d'eux, les yeux levés vers le ciel. Une foule considérable remplie d'étonnement et de respect l'entoure, car le miracle vient de s'opérer. Lazare, assis sur le bord de son tombeau, soutenu par les siens, revient à la vie.

Ce petit tableau, d'un effet piquant, est des meilleurs du maître.

WICK (THOMAS)

97 — Port de mer.

De nombreux voyageurs européens et orientaux attendent, assis près de leurs bagages, l'heure de l'embarquement.

INCONNU

98 — Entrée du prince de Condé dans une ville de Flandre.

Vente Tencé de Lille.

99 — Portrait d'homme.

Miniature à l'heure.

CURIOSITÉS

100 — Pendure de Ferdinand Berthoud. (Signée.)

Deux enfants assis sur des nuages tiennent une couronne de fleurs au-dessus du cadran sur un socle élevé, orné de guirlandes de fleurs. (Bronze doré.)

101 — Deux Candélabres à six lumières. Enfants tenant des branches de fleurs.

102 — Une paire de Chenets Louis XVI en bronze doré.

103 — Un très-beau Cartel en bronze doré d'une très-grande finesse de ciselure.

104 — Un Lustre rocaille en bronze doré à 48 lumières avec plaques en cristal de Bohême.

105 — Six Bras à six lumières pareils au lustre.

106 — Un autre Lustre en bronze doré d'un très-beau style à 12 lumières.

107 — Un Pot à eau et sa Cuvette en porcelaine d'Allemagne, décor oiseaux.

108 — Un Huilier en faïence de Rouen.

109 — Une Fontaine en faïence de Rouen.

110 — Deux Vases en Chelsy.

111 — Une Tasse trembleuse en vieux Sèvres.

112 — Une Tasse avec sa soucoupe, Saxe.

113 — Un Groupe de porcelaine.

Revou et Maulde, imprimeurs de la Compagnie des Commissaires-Priseurs, rue de Rivoli, 144. 50701